歌集

くれはどり

斎藤雅也

目次

冬

春

夏

秋、そしてまた冬

冬

しらゆき

枇杷の葉にうすく積もりぬ結晶のかたちを保つけさのしらゆき

柿を干し大根干して菅の根の長き氷柱をもつ茅の屋根

おもむろに雪の山肌うつりゆく影は流るる雲のかたちに

笹の葉に雪のひとひら降りるとき雪華のかたちゆらりと崩る

赤らひく色をさやかにたたしめて柿に積もれる無垢のしらゆき

夜の雪

外灯に降りしきる雪たたしめて人をはばむる夜の細道

ゆれながら沈むと見えて湧き上がる運転しつつふる雪見れば

闇を背にきはまる白さ　夜にふる雪は昼よりおほきく見ゆる

闇を切るライトのひかり　光源より雪は零れて闇へと沈む

かぜのとのとほき音なり薄明に半睡しつつ除雪の車

二度泣き橋

ふりむきて喪主が指さす岩手山雪を被きて輝き増せり

大いなる柾屋根造り木造の校舎なつかし渋民村の

見るべきは冬にこそあれ雪吊りの石割桜に積もる白雪

石垣に足止めにけり　ふたりしてりすを見たりし若かりしころ

二度泣くと云はるる橋を渡るとき山は展《ひら》けて近ぢかとあり

てのひらの皺

止められて電気料金借りにくる隣の人のてのひらの皺
返すあて返すすべなき隣人のうそを思へりみぞれ降る夜

たはやすく雪の重みに折るる枝こころもとなき生計《たつき》をおもふ

皺くちやの諭吉を見つむ年の瀬に返しくれたる人にぎりゐし

またしても諭吉一枚借りにくる翁は眉に雪をのせつつ

父と母

容赦なく吹雪く北風戸口より窓より圧しく一月なかば

雪かきを冬の宿命《さだめ》と思ふまでかいては母の墓拝む朝

還相《げんさう》といふを思へり本堂に迦陵頻伽《かりようびんが》の舞眺めつつ

父逝きてあふぐ夜空に見る雪の際立つ白さ　美しかりき

更けわたる月のしづけさ粉雪の頬うつ夜に母をおくりし

中風に罹はりし父をおもふときあの世の雪が屋根を圧しくる

しのぶればけんかの絶えぬ父母なりき白き吐息が夜道に浮かぶ

確執はいまも残るか母の墓先祖の墓を離《か》りて佇む

母の意

尖閣に渦を巻きつつ群れをなすバラクーダとは鋭き魚

乳癌の治療受けゐる母のこと北京の旅に誘はむとしき

慧生と武道逝きて半世紀　友好国とは誰が言ひしか

大陸に散骨乞ひし母の意を死んではじめて気づきしわれは

生前につひに行かざる山河なれ母しみじみと眺めをらむか

冬の並木

訃報とは予期せざるもの参拝の列のまなかにわれは佇む

画家たりし叔父の棺に花を入れ絵筆を入れて別れきにけり

降りしきる雪の駅より乗りつぎて都に着けば春のごとしも

なきがらに顔を埋《うづ》めて声をのむ妻を起こさむ人ひとりなし

斎場を出でて息つくわがまへに冬の並木は寡黙に佇てり

貧乏になるんだからと祖母《おほはは》は画家をめざさむ子を止めにけり

絵が売れて奢りてくれし日もありき万世橋のレストランにて

祭壇に叔父の遺作は並べられ創と美の文字位牌に見ゆる

新年

篝火に闇の漆黒たたしめて秋葉神社の夜の境内

動かざる雲をしづかにもちあげて空は茜に明るみはじむ

鉤型に空わたりゆく鳥のみゆ初日の光とどきをらむか

元日の社詣では混み合ひてシャッター通りが車に埋まる

はからずも引いてうれしきおみくじは祖父の名前とおなじ末吉

昆布だしに大根のみの雑煮にて年のはじめをしづかに祝ふ

十年をとうに超えたりすき家ともかつぱ寿司とも無縁となりて

初詣　初日　初夢　初滑り　初を重ねて松過ぎにけり

冬の犬

枯れ芝に冬日のさしてあたたかし犬の尾の影ながくのびゐる

雪道へ降りくる雀　羽ばたきて宙にとどまるたまゆらのあり

くしやみするわれに跳びつきわれを見る犬はその目を白黒させて

晴天の澄めるひかりに雪影は青みを帯ぶるものと知りたり

ゆれながら庭にふりくるぼたん雪犬はこたつにまるくなりをり

葉の影のレースにゆるる冬の窓陰ればあをき枇杷の葉となる

うづまいて屋根よりあがる雪けむりわれは百までこの地に立たむ

どこまでもわれを信じて疑はず犬のメロンの直ぐなるひとみ

白鳥

旋回ののちに足ひれひろげつつ白鳥並みて池に降りたつ

なつくなく争ふもなく白鳥と距離を保ちて真鴨が憩ふ

朝の霧白きは晴れて貯水池の視野のかぎりを白鳥が占む

おもむろに霧晴るるとき見えそむる白鳥の群れあまた子をもつ

翔び来てはあはれ雀ら雪被く柿をつつきていのちつなぐや

雪の田に降りる白鳥《しらとり》くれはどりあやなきまでの白さと思ふ

田園に白鳥餌をついばみて遠山脈《とほやまなみ》は雪被きをり

夏油《げとう》高原スキー場

山をゆく道を挟みて立つ雪の層の高さにバスは隠るる

のぼりゆくリフトに沿ひてあをはだの赤き実の粒をりをりありぬ

貧しくてスキーに行けぬ冬ありき職を退きたるのちの幾年

うねりつつ膝なめらかに滑る人われを抜き去り小さくなりぬ

前傾の姿勢とるほど勢うて下り斜面の雪が迫りく

転ぶとき二枚の板は足枷となりて重心宙に奪はる

ゆくりなくあがる雪煙地表より屋根より舞ひく視界を鎖して

ゲレンデの灯りがとほく霞みをり今夜はながく雪の降るらし

こたつ舟

冬空を薄墨色に降る雪が屋根を境にしらゆきとなる

きりぎしに挟まるる川下りゆくこたつ舟よりみる雪景色

子連れにて賑はふ舟にわれひとり川面にとける雪を見てをり

呼ぶならば英語で呼べと船頭は川面に浮かぶ鴨を指しつつ

冬の虹短く立ちて消えにけり北上川の橋のむかうに

かまくら

らふそくの灯りがあまたゆれてゐる雪の夜道に温もり添へて

かまくらに誘《いざな》ふ声はにこやかに「はいつてたんせ、おがんでたんせ」

餅を焼きふるまひくるる少女ゐて指の二本を立ててほほ笑む

寄らざりし横手駅舎のかまくらは制服姿の駅員ばかり

かまくらに遊ぶたのしさ子のころは雪のふるたびそぞろとなりて

白鳥と娘

水の上を羽をひろげて走りつつ白鳥つひにねぐら立ちせり

耳つきのねこのくつした穿きながら嫁ぐおもひを君は語りぬ

いつせいに空をゆらして帰る鳥夕日は沼を金に染めをり

子はひとりやはりふたりといふ娘いつしか爪を染めなくなりぬ

白鳥の帰らむ声のせはしなさ三倍速の声のやうなり

文鳥をつれて嫁ぐといふ娘冬の静岡雪つもらむか

夕映えに声をあげつつゆく鳥も流るる雲もみなあかねいろ

春

水仙

とけそめてとけざる雪のすきまより一群なして水仙芽吹く

きみどりのまゆみのつぼみしらまゆみ春の岸べに草萌えゆけり

雪代にかさを増しつつ渦を巻くふたつの川の交はるところ

薄ら氷のしたをゆく気泡《あわ》ゆうるりと右に左に動いてゆけり

庭先に春はじめての蕗の薹枯葉もちあげ芽吹きてをりぬ

伝来の雛を手にとりなつかしむ老いたる伯母は目をほそめつつ

雪どけの原に増えくるもぐら塚もぐりやすきか土やはくして

水仙の花つぎつぎと咲《ひら》きそめ地震《なゐ》なき春をよろこばむとす

春の影

窓際の卓の砂漏に影ふたつ濃淡ありてともに伸びくる

網の目の数だけ起きる乱反射窓の網戸に春の日のさす

キッチンの流しの窓に映るわれ皿をふきつつ外《と》を透かしをり

湯に入ればかすかなる影湯の底にゆらぎて湯にも影ありと知る

湯に映る風呂場の灯り　さういへば月を見るなく冬をすごしき

上の葉の影を葉うらに濃くみせて椿はやはき春の日のなか

犬を連れあさあさ歩く川べりをとんびの影がよぎりてゆけり

犬の毛が日に日にぬけて春がくるあしたはどこへ連れていかうか

東日本大震災

被災地と呼ばるる県に身を潜む何もできない負ひ目をもちて

ボランティアゆけばほのかに茜さし負ひ目をひとつわれは忘れつ

少年を屋根にいざなふ天の川原発なきころ飽かず眺めし

停電となりてかつての星空を思ひ起こせり震災の夜

上梓せるおのが歌集を唯一の復興としてかへりみむとす

三度目の春

沈下して水の退かざるひとところ白鳥群れて餌を啄む

朝採りの若布きれいに残されて朝の市場は仕舞ひとなりぬ

三年の時が流れてしづかなり松の根いまも転がる浜辺

華、勝美、千明、春花とよびかける手紙は白い花に添へられ

慰霊碑に佇む時間　潮風にいつしか眼鏡は曇りてをりぬ

四度目の春

東電の暴落したる四年まへ一夜に変はるものを恐れつ

やすらぎて寝息たてゐる子犬なれ地震《なゐ》の怖さは知らずともよし

飼り痕気にせず住める古き家犬を飼ふにはよき家ならむ

四年まへ倒れかけたる裏門を片しし跡に蕗《ばっけ》の薹が生ふる

壁の鋳ひとり眺めて湯につかる家あらためて住みたき春よ

五度目の春

納めしはなゐのまへなりアルバムに雛の匂ひを嗅ぎゐる小犬

落下せる本のあひだに佇みて写れる犬の若々しかり

二日目にふつかぶりにて散歩する犬のまなこに残れるおびえ

三日目の写真は春のうららかさ海と陸との違ひを見せて

あのころの犬の二匹はすでになく二匹の犬をあらたに飼へり

停電の夜に着せたる赤い服あらたな犬に着せて歩めり

五年といふ長さを思ふ　ちひさなる犬の五年は人の三十年《みそとせ》

九度目の春

新しき道路の増えてナビを替ふ海へゆくほど道はあたらし

三陸の入り江はふかく切り込みてゆたかに潮をたたへてゐたり

防潮堤のぼれば海はちさくみゆ松原ぬけてみし海よりも

北上に越して六年からうじて家を建てるとかぶろの翁

釜石の土地を捨てたるいきさつを問へば翁は寡黙になりぬ

訊きしこと悔やみつつみる鬼剣舞鬼の館に雪はふりつつ

被災せるものとせぬものへだてつつ連なる山は雪を被ける

三月の十一日がめぐるたび記憶はダリのとけゆく時計

ココアの若さ

初めての夜桜なのと笑ふ君ココアのごとき若さとおもふ

みちのくの冬の長きを忍びきて人も桜もいまいちどきに

刺青の父と兄とをもつといふ少女を遠く眺めてゐたり

年ごとに失せて恋ほしき若さなりあといくたびの桜の宴

幾万の花の散り際みつつきて老ゆればば春はただにまぶしも

花見馬車

満開の花の小径にさはさはと木漏れ日ゆれて馬の目しづか

ちる花をかけて追ひゆく子どもありたどたどしかる足のはこびに

諦観といふを思へり花見客ひきつつ歩む馬のまなこに

馬の見る花は左右に分かれつつ背なのうしろへ流れてゆかむ

むきあへば馬の瞳は吾《あ》を映し空を映して涙ぐみをり

前世は人かもしれぬこの馬のたてがみそつとなでてやりたる

幌赤き花見の馬車をひく余生ばんえい競馬を退きたる馬の

みちのく民俗村

音きよくいざなひくるる水のあり促されつつ畦歩みきぬ

湧き出でて沢へゆく水清らなり掬へば無垢のひかりをこぼす

古民家のまへの小径を通りきて藩境しめす標に出逢ふ

見慣れたる景色といへど茅葺の屋根を霞めて村に降る雨

いつよりか人住まずしていちめんに罅がひびよぶ土壁あはれ

さうだつた昔は薪で火を焚いた風呂の焚口覗きこみつつ
デジタルの時代を生きる村のやぎ手紙なつかし黒やぎさんの
ほの暗き家の板間の片隅に嬰児籠《えじこ》がひとつ置かれてゐたり

展勝地見晴るかす丘陣が丘さくら黄ざくら花満つる丘

この丘に義家陣を張りしとぞ千年まへの九年の役に

敗れたる五郎正任《ごろうまさたふ》そのみ名を千年のちの和菓子にのこす

散るころとなりて紅さす八重の花珍《うづ》なる花とおもふ黄ざくら

村まつり終へてひそけき森の朝芽吹きはじむるこならのみどり

しづかなる山辺の村に日の差してうぐひす鳴けり森の一隅

からたち

いまはなき犬を撮りにきからたちの白く咲きゐる五月の朝に

からたちをともに撮りたる犬の顔五か月のちに遺影となりぬ

散りやすきからたちなればこころして今年も撮らむ青空のもと

雨ふれば雨にむかひて咲く花の庭に散り敷く夕べとなりぬ

新しき犬を飼はむと思ひたつからたちばなの散りゆくまへに

子犬

母親と引き離されたかなしさか子犬を抱けばわが指をかむ

赤ちゃんのにほひするなりまるくなり寝息たてゐるチワワのからだ

めざむればうすら陽させる枕もと犬の瞳のほのかにうるむ

亡き犬はわれに笑顔を見せたりしいまだ子犬は尾を振れるのみ

犬の子をスリングバッグにしのばせて有袋類のごとく歩めり

平泉

たうたうと北上川が流れをり義経果てし丘にし立てば

乗り出して川の流れを見下ろせば風の柱がわれをもちあぐ

ほのあかく束稲山が染まりゆくかかる日の出を謹みて見る

坂道を挟みてつづく杉木立われのゆくてに日の斑《ふ》を降らす

柱にも螺鈿《らでん》細工の光堂贅を尽くして黄金《こがね》に顕てり

石の上に首をもたげてなに思ふ世界遺産の池に棲む亀

訪ねこし池のほとりに桜花おもひもかけず咲き満ちてをり

小岩井農場

新緑の森の小径を通りきて臙脂の屋根の牛舎に着きぬ

農場の畑を埋《うづ》むる菜の花は先へゆくほど黄にひろがれり

クロハナやズンダ、　キナコと名を呼ばれ仔羊たちのレースはじまる

菜の花の果たてに見ゆる岩手山雲を衝くがに聳えてをりぬ

歩くたび馬の筋骨あたりくる鞍にまたがるわれのからだに

黒光る馬のたてがみ見下ろして景の高さに驚くわれよ

窓越しに覗けるわれが映りをり牛舎の牛の黒目のなかに

小岩井を詠みし詩歌の数多く賢治にありて啄木になし

田植ゑ体験

うちひさす都会の子らの田植ゑなり思ひ出ふかくならむか岩手

引率の教諭のひとりと思ひしか会釈してくる村の人あり

とりもちの上にもがける野ねずみのわれは田んぼに足をとらるる

長靴の泥に埋まりて植ゑ泥む動きやすきか素足のはうが

手にもちて嗅げば記憶のかへりくる学校帰りの稲の草笛

笑ひつつ泥のてのひら押しつけてたがひに泥をつけあふ子ども

流れ出る水の強さに田の泥を落とせば足のきれいな少女

マンション

東海のわれのマンション売れにけり二十年《はたとせ》まへの半値となりて

買主の若き夫婦と向かひ合ふ書類にひとり判を押しつつ

マイホームはじめて持ちし三十代家を励みに働きにけり

まなかひを塞ぐものなきベランダに若き夫婦も夜景を見むか

マンションを持ちて過ごしし二十年思へば遠し灯りが霞む

新緑の夏油《げとう》

きりぎしの下を流るる夏油川若葉の影をおきつつ流る

夏場のみ人の入れる夏油なれやうやくきたる温泉開き

忙しき田植ゑの時期の鬼剣舞笛も太鼓もみな翁なる

ゆるまりて楽になりくる毛様体若葉の山を目に入れるたび

地を踏みて跳ねては踊る鬼剣舞　われはこの地に生きるほかなく

若葉

天ぷらによしと聞きたる柿若葉鋏にきれば目にやはらかし

陽を浴びて葉はきみどりに光りつつ陰となる葉のみどりを濃くす

二回目の視野の検査は異常なし雨の狭庭に咲く胡瓜草

栃の葉に栃の葉の影ゆるる朝栃のひと木の影ながく伸ぶ

みはらしの丘をし超えて広がれり瑠璃唐草の青は空へと

夏

阿古耶谷

さかさまに山を映して田の水は夕日のなかに沈みてをりぬ

密林の兵の行進おもはせてわれらを阻む山のほそみち

おもむろに山のなだりを陽はうごく流るる雲の影に押されて

見渡せばイーハトーブは山ばかり海を見るなくわれは育ちし

のぼるより下るが速き山登りわれの一世も下り坂なる

友なき家

みどり濃き森の小径を通りきて山の棚田は朝のかがやき

かがよへる青田の隅のひとところ音ひそやかに湧く水のあり

かはづ鳴く池のほとりの胡瓜草友なき家をわが訪ねゆく

しづかなる葬りの道に日のさしてたんぽぽのたねあまたとびゆく

新しき少年野球のユニホームわれは幼く友と写れる

酒

翌朝に残りたるほど飲みし酒やめて六腑は朝をすがしむ

二日酔《もちこし》の父を見るたび飲むまいと思《も》ひゐし酒のほのかな甘さ

年ごとに造りて飲まぬ梅酒なれことしの梅は捥がずにおかむ

肉を絶ち魚を絶ちてそのうへに酒まで絶つとは思ひみざりし

酒断ちて早も三年　千五百泳ぎきりたる肺のすがしさ

大垣の叔父

似てゐると思ひみざりし叔父の顔永久《とは》に眠りて父を思はす

若き日に飛び級したる叔父と知るうからのつどふ通夜の席にて

祭壇を極楽鳥の花占めて苦学の日日をつひに語らず

「齋藤」はもはやのこらず嫁ぎたる娘の姓が献花に並ぶ

家のため仕送りしたる叔父のふみ祖母の箪笥にいまも残れり

老犬

芝の上を駆けて遊びし日もありき襁褓をつけて犬は眠れり

清廉な色を誇れる白つつじ散りて大地にかへりゆかむか

いままさに逝くかとみえて持ち堪ふ十薬の花にほへる夜を

一瞬に迫りくる水つき抜けてプールの底にしづけさを見る

しののめに霧の白きが山を離《か》る空へゆくものみなゆれあひて

還暦

ただひとつ華甲となりてうれしきは国民年金引かれざること

鏡なすわが見る鏡鏡なれ皺を映すに容赦のあらず

あまつさへ株の暴落止まるなくわが六十歳の生まれ日は過ぐ

億万の売りと買ひとが鬩《せめ》ぎ合ふ株にたつきを賭けゐるわれか

還暦の父は施設に暮らしをり雨多かりし年の六月

少年の夢ことごとく消え失せて来られざりしか同窓会に
踏み込まぬやさしさ持ちて保たるるクラス仲間の変はらぬ絆

SL銀河

遠ざかる線路の光《かげ》と無人駅　出逢ひをいくつわれは失くせし

乗り込むや運転席によろしくと礼《ゐや》をする乗客《きやく》　何者ならむ

めがね橋渡る機関車　還暦の今でもわれの銀河を走る

輪郭を宙に飛ばして沿線が過去へ過去へと流れてゆけり

トンネルに暗む車窓に映るわれ一世のうちのどこを走れる

梅雨

梅の実の日ごと太れる六月を喪中の人となりて過ごしぬ

外は雨、膝にくつろぐ犬のゐて散歩にゆけぬ朝もまたよし

雨漏りの音その底に響かせて厨仕事を邪魔する花瓶

梅雨入りをおのが季節とよろこぶか夜の田んぼに蛙鳴きたつ

雨のたび森はみどりを深くして思索に耽る人のごとしも

詩歌文学館

七月を青ひそやかに胡瓜草いまだ咲きつぐ小花眩しむ

天井に水陽炎がゆれてゐる心字が池のちひさなるカフェ

木を映し座敷を見せてしづもれる和硝子ゆかし青邨邸の

楓《かへるで》の青葉映してしづかなり文学館の書庫の玻璃窓

つばめとぶ青田のほとりわづかなる樹木のありて夏椿咲く

螢

姫螢群れて光れる山の上に北斗七星近ぢかと見ゆ

おもむろに明滅しつつ螢火の波は谷間を動きゆくなり

前世も来世もあらず螢《ほうたる》は伴侶もとめてさまよへるのみ

懸命に光を放つ姫螢　蜘蛛はしづかに距離をつめゆく

川面より湧き上がるごとあらはれて螢《ほうたる》われの頭上をゆけり

くるくるとたがひを追ひて輪を描くひかりうつくし二匹の螢

ただひとつ群れを離れてとぶ螢怨みのごとき光を放つ

螢《ほうたる》の今宵とびかふ夏油川《げとうがわ》　満月あかく浮かびてをりぬ

賢治先生の家

硝子戸の影が畳へ伸びてゆく座敷わらしの出さうな廊下

真鍮の鍵がなつかし縁側の引き戸を閉ざすねぢ締め式の

背伸びして居間の電球見あぐればまろやかにして足ちさきわれ

鍵盤を押せど空気のもるるのみ百年前の足踏みオルガン

注文は少なめにして張り紙に施錠と消灯書かれゐるのみ

庭に立つ賢治先生うしろ手に腕を組みつつ足を見てをり

学び舎の畑に茄子がゆれてゐる濃きむらさきを光らせながら

和賀川の森

遠雷の通り過ぎればいつせいに蟬鳴きいでて森をゆるがす

蟬声のふいにやみたるつかのまを葉擦れの音は身めぐりにあり

木をおりて草生のうへを歩みゐしりすはそれより姿を見せず

河原《かははら》に朝のひかりは届きつつ土手の下まで胴ながき影

あさあさに犬を連れゆく森のなか栃の一木におほき実のなる

錦秋湖

夏場のみ水位の減りて現はるるダム湖の滝を見るめづらしさ

絶えまなく落ちくる音にかこまれて滝の裏よりみる錦秋湖

鬼の影

山奥へいざなふごとく前をゆくてんの二匹はわれを恐れず

夏は朝涼しきうちにする散歩犬の二匹の影ながく伸ぶ

夜半覚めてひとり立つとき輪郭のさだかならざるわが影を見つ

かがり火に角なき鬼の影が舞ふ夏油《げとう》の山に月のぼるころ

この地球《ほし》を見あげゐる人をるらむか山の上よりみる天の川

稲の花

穂に出づるこめのつぶよりちさき花稲にも花のあること思へ

はじめての年金つひに振り込まる稲に小さな花出づるころ

穂に出づるあるかなきかの花なれば畦におりきてしかと見るべし

年金は日照りの畑に降る小雨されど稲にもけなげな小花

いちめんの稲あをあをと波打ちて豊かにならむ稔りの秋は

北上川

きたかみの夏のしづけさ帰らざる白鳥ふたつ川に浮かべり

見下ろせば川の流れはしづかにて流るる雲をおきつつ流る

死の川と呼ばれし大河　水澄みていまでは鮭ものぼりくるらし

ことごとく赤き水なり鉱毒に汚されたりし北上川は

死の川と呼ばれし時代ふるさとの川に誇らむものひとつなし

かくばかり夕日あつめて光りゐる北上川に兆すかなしみ

人知れず供花の筒に棲むかはづ水替へやりて近ぢかとをり

清流とは呼べざる大河　母親の灯籠流してわが川となる

みちのく芸能まつり

篝火に目はあかあかと照らされてまつり見る人みなはなやげり

勇壮に跳ねて踊れる鬼剣舞ときに画面の外《と》にも出でつつ

八本の剣をもちつつ前転す若き勇者は閃光あびて

握手して沿路の子らに答へをり踊り終へたる人にこやかに

剣舞を一眼レフに撮る人の左目きつく結ばれてをり

踊りつつ笹を咥へて立ち上がる虎舞囃す笛の音あはれ

両肩のあらはに見ゆる服を着て虎舞よりも気になる娘

夏まつり終へてひそけき朝の庭白萩三つ咲き出でてをり

ミルクの重さ

朝《あした》よりなにも食べずに眠る仔を雨の降る夜見つめてゐたり

原因のわからぬままに日の過ぎて犬の食欲いよいよ落ちぬ

病院の受付嬢の左手の甲に書かれたメモの黒ずみ

甚平の懐ふかく潜りきてまるくなりゐるチワワのこども

やせ細る犬にこころの塞ぐ夜同級会の誘ひを否む

犬の仔を膝にかかへて家出でず音すさまじき花火の夜は
スポイトを口に差し込み飲ませやる十ＣＣのミルクの重さ

美《ちゅ》ら海

逸りたる若気の髪を黒髪にもどして君は健やかに立つ
黒髪は顔の輪郭ひきしめて小顔といふをわれに思はす

ちひさなるこぶしの甲をふたつ見せ君はちひさく励ましくれし

はからずもやさしき目にて迎へらる唾をのみつつ司会に立てば

美ら海に蒼くしづもる珊瑚礁嫁となりたる君に見せらる

滑田《なめしだ》

さみどりの稲の穂に咲く白き花きみ住む里をわがたづねゆく

滑田に地蔵流れの泉《すず》はあり掬へば雲の白きが零る

消失点めざして歩む青田みち魁夷の道の絵をおもひつつ

金色《こんじき》にいろ変はりゆく田のおもて寄らむとすればいなごがさわぐ

田の上を羽すべらせてとぶ燕いなごとるものみなすれすれに

裏畑

裏畑にひと日出でねば無花果はひとつ残らずとられてゐたり

わが畑いつまであるか生ひ茂る紫蘇の葉裏に空蟬みゆる

せみの羽化見つつゐたりし少年の瞳は澄みぬその奥処まで

鎌もちて刈れば草よりころげ落つ背なの割れたる蟬のぬけがら

裏畑の栗が実らず枯れてゆく今年の夏は雨の日ばかり

秋、そしてまた冬

ケータイの子

小さくてもはや読めざる『草枕』文庫を閉ぢて目薬をさす

目を寄せて店の子犬に笑む人の靴ひもながくほどけてゐたり

ケータイの子は閉ぢられて　いま少しほめておけばと思ふときのま

蜘蛛の糸つけてもがける秋茜ほどきてやればわが指をかむ

十年《ととせ》経て母の肌着を捨てる日の朝しらじらとありあけの月

ひまはりは陽《みなみ》を向いて咲《ひら》くもの　安保法案可決されたる

肉料理喰はせられたる夢をみる泥にまみるるいちやうの落ち葉

あさあさに座禅をくみて息を吐く何かを捨てるためのひととき

古民家の萱

とんばうを追ひて見上ぐる空たかく飛行機雲《コントレイル》が白く伸びゆく

おもむろに雲の白きが流れくる古民家の萱ふきかへられて

すずやかに晴れて雲なきけさの空上にゆくほど青ふかみゆく

ゆたかなる水量みせて流れゆく北上川に鮭のなきがら

花嫁がのりて手をふる人力車村の道べももみぢとなりぬ

伯父

保証人ひきうけくれし伯父ありてかの山一《やまいち》證券にわれは入りし

水流の音響かせて湯灌とは畳に浮かばむ死者の箱舟

胸もとに花供ふれば悲しみは緩やかにしてしかと深まる

酒飲みてみ骨となるを待つあひだ池にさざ波目立ち始むる

賢治祭

しづかなる曲にはじまる賢治祭オーケストラに木漏れ日さして

セロ弾きのまへを通りて献花する菊一輪を詩の碑のまへに

輪になりて詩碑をかこみて黙祷すなめとこ山の熊のごとくに

この土地に生きる誇りを声にして賢治の歌を唄ふ子どもら

夏麻《なつそ》引《び》く耡《うな》ふ人ゐる跡地にて「下ノ畑」に白菜みゆる

大伯父を語る当主のまなじりに面影ありて身をのりだせり

夕映えに手をかざし見るその人に賢治の声や仕草をおもふ

夕焼けは雲を染めつつこの道に電信柱を黒く顕たしむ

台風十九号

倒木を除けて車を出さむとす軍手に頬を打ちたるのちに

通られぬ三陸道を迂回して崖の上よりみる海の色

台風に日延べされたる例大祭晴れてけふこそそを撮らむとす

あふぎ見る梯子の上の虎の舞一羽の鳶がよぎりてゆけり

大雨に水かさ増せる錦秋湖水没林の影ちさくなる

萩

枝先のしだるるまでに咲ける萩白きを増して秋ふかみゆく

遠き日の淡き初恋おもはせてわが近寄れば月は遠のく

うら路に料亭ひとつながらへて窓より萩の見ゆるゆかしさ

対向車よけてわきへとよせるとき白萩ゆれてちるみちとなる

萩の葉に光る朝露　ちひさくてまるきもののほどひかりを放つ

影の上に花ちりばめて終ふる萩花の終はりはなべてさびしも

ひとりにて老いゆくさきを思ふとき枯れて散りぼふ欅の落ち葉

あさあさにのぞき見てゐし料亭の萩は残らず刈られてゐたり

『萩の散るころ』

萩咲けば萩のほとりに時を消す逝きてかへらぬ思ひ出ひとつ

装幀は銀の箔絵の萩の花　死なせしことをいつまで責むる

川土手に萩咲きそめて追憶はおのが鎮魂《しづめ》とおもふ萩の香

南天にあるかなきかの白き花　せめて遺さな歌集のひとつ

次席とは葉先にのこるあめのつぶ朝の日のなかふるふるふるふるふ

祖母

鞠のごと餡をまるむる祖母のゐて彼岸のだんごわれら食べにし

大鵬の全盛なりしあの時代右肩あがりに店ははやりし

おほははの作りてくれし「きりせんしよ」口に放れば蜜の弾くる

大鵬をのどわに破りし佐田の山ひけふひけふと祖母は悔しむ

大鵬と柏戸いまし立ち合へばわれら早馬《はやま》に揺られゐるごと

おほははを疎む齢となりしわれ家を離れて春をむだにす

その一年その一年が待てぬ祖母八十七に米寿を祝ふ

誰ひとり黄泉へ連れてはゆけぬ祖母ぅつらぅつらと孫子を忘る

祖父

伝来の土地を売りたるおほちちの参百圓の借用證書
五十歳《ごじふ》にて脳溢血に逝ける祖父郵便局の局長たりし

賑はへる宿場町にて戦前はわが住む街に遊郭ありと

凶作に娘売りたる悲しみをものの本にていまは知るのみ

返済に追はれ追はれておほちちは配達夫にも金借りしとぞ

借財を肩代はりしてやりたりし祖父の血われに流れをらむか

身上《しんしやう》を潰せる祖父を見送りて悲嘆もなしと祖母は言ひにき

おほちちの失くせる土地の一角にユニクロできて賑はひ増せり

わが街

軒並みにいまやシャッター下ろす街店継がざりし過去をうべなふ

誇りとせし全蓋式のアーケード錆びたる梁に鴉がとまる

解体の三十万の負担金われには税の控除とならず

この街に君臨したる理事長の夜逃げもはるか昔となりぬ

陰湿のいぢめをしたる組合の経理の人をつひに許さじ

アーケード取り除かれて航跡の條雲すがし空青くして

わが街の諍ひひとつ忘れむと軒下低く幣束を吊る

みづからのいのち絶ちたる店主らが叩きてゐたる祭りの太鼓

稲刈り体験

葉の先に雨のしづくをちりばめて秋の稲田は金のかがやき

こゑあげてかはるがはるに飛びきては雀ら稲に群がりてをり

かがまりてひとつ稲穂の実を数ふ六十七の粒連なれり

よこながの稲架にかけゆく稲の束かければさみし田舎の景色

ひたすらに刈りゐしわれかあかあかと脛に鎌傷のこりてゐたり

パラグライダー

秋の雲　パラグライダー　渡る風　空をゆくものみな寡黙なり

大空を諸手ひろげて翔びゆきし少年もはやわが夢に出ず

傘体《キャノピー》が風をはらみて立ち上がり足まざまざと宙に浮きたり

街並みがはるか真下にゆらぐまで風に煽られわが身は傾ぐ

怖いほど山がゆつくり過ぎてゆく鷹に吊らるる野ねずみわれは

雲間より差しくるひかり放射状なして遥かな海へとそそぐ

着地してよろめくわれを眺むるか首を伸ばせる牧場の仔牛

秋の終はり

花みつる前に垣よりこぼれ落つ秋も終はりの萩のしろたへ

秋空に高み極めて鳥柱すべるがごとく遠ざかりけり

産卵を終へて逝きたる秋味か川の浅瀬に横たはりをり

収穫といふは寂しも稲株にひこばえ伸びてゆれてゐるなり

日の暮れて誰も歩まぬ公園に忘れられたる野球のグラブ

山一證券

破綻して二十年《はたとせ》経ちぬ意に添はぬ仕事もせしよかの山一證券《やまいち》に
散りぢりになりし仲間を思ふとき柿の落ち葉を濡らすあめゆき

雪の降るまへに

菰を巻き竿を立てつつ枝《え》を吊るすすべては雪の降りくるまへに

南天の枝を剪りつつ待つ雪の雪の重みをおもふ霜月

秋山に夕日は沈みもののかげ蒼ふかみつつ昏れゆかむとす

雪を待つ桜並木よ尖りたる枝の先までくきやかにして

雪囲ひ終へしさ庭に冴えざえと月のひかりは広ごりてをり

切り株

近づけば雀残らず飛び去りてさみしき枝がのこる柿の木

冬空をあふぐ槐のシルエット思ふがままに枝伸ばしをり

ひとつぶの実より生えたる栗の木の枯れて伐らるるまでのとしつき

受けとりて数へたるのち植木屋は諭吉一枚まけてくれたり

雪ふればゆふべ見しもの清めらる切り株の上につもるしらゆき

肺炎

夜半さめて胸を押さへて咳をする吸へざる息の苦しかりけり

なにげなく息を吐きては息を吸ふ病みて知りたるそのありがたさ

千五百いまのわれにはむりならむ泳げる人をまぶしみて見つ

咳出でて息が吸へざるにはあらず吸へざるゆゑに咳の出るなり

白雪の重く積もれる柿の枝圧されて縮む肺のやうなり

屋根の雪落ちて隣家の硝子割る雪は積もれば凶器のごとし

胸の上にカイロを貼ればらくになり肺に積もれる雪とけはじむ

雪はれて日のあたりくる昼ちかく犬を抱きて外《と》に出でむとす

リフォーム

震災に傾きたりしボイラーに風呂を沸かしきこの七年を

あのときをもちこたへたる吊戸棚おのが重みに傾ききたる

父ははともに住みたる家は古り親の記憶も淡くなりたり

寸法を測る業者が出入りして満月の夜犬は吠えたつ

飼ひ主とともに暮らすを望むのみ家の古さを犬は嘆かず

たまのをの絶えて久しきはなやぎをオール電化の家に見むとす

定価より九割引きて売りにけり店の急須をほかの茶店へ

片づけて広くなりたる店の跡父の書きたる値札がのこる

ごみの日に店の茶箱を出しにけりマトリョーシカのごとく重ねて

壊されて煮炊きのできぬ厨なり雪に餌《ゑ》のなき子雀あはれ

やるならばこれが最後の齢かも六十二にて家をあらたむ

新しき風呂の外には実南天朱にはあらぬ白き実ゆるる

いくつまで生きて棲めるかわからねど枯れた楓をついばむ雀

父ははの建てしときより五十年家をあらため年あらたまる

あとがき

北上《きたかみ》の一年は冬を中心にしてまわっていると思う。

冬が近くなると、雪の降るのを心待ちにするようになる。朝めざめた時に窓の外が雪に覆われていると、心が洗われたように新鮮な気持ちになる。真っ白な雪の表面は足跡をつけるのが惜しいほど美しい。けれども、当初歓迎された雪も降り積もるにつれて疎ましくなる。雪の重みで建具が開かなくなったり、屋根から落ちた雪で隣家のガラスを割ることもある。何よりも雪かきが大変で、これをするたびに腰を痛める。

長い冬を耐えたぶん、春はありがたく感じられる。何もない枝だけの木々に緑が少しずつ芽吹いていくさまを、毎朝の散歩に見るのは楽しい。桜や躑躅や牡丹が待ち望んでいたかのように次々と咲き始める。五月は気候が安定して、一年で一番すがすがしい時期だ。

梅雨は森の緑を日ごとに深くする。新緑の明るい緑から濃い緑へと変化していくさまは、まるで森が思索に耽っているかのようだ。

梅雨が明けると短い夏がやってくる。涼を求めて山へ行き、祭りを見て短い夏を楽しむ。

秋になると、夏に疲弊した頭と身体が少しづつ回復してくる。緑の葉が黄や紅に変化して、美しい彩りを見せる。四季のめりはりがはっきりしている北上は、自然に親しむのに向いていると思う。

紅葉が終わり、木々が枝だけの姿を見せるようになると、人々はいそいそと冬支度を始める。木に菰を巻き、雪吊りを施し、雪の重みで木が倒れないように不要な枝を剪定して、美しく、それでいて積もれば凶器にもなる雪が降ってくるのに備える。

この歌集は二〇一二年から二〇二〇年春までに作った四四三首を、冬、春、夏、秋、そしてまた冬、と季節ごとに並べた私の第二歌集である。冬に始まり冬に終わるように構成したのは、北上の一年が冬を中心にしてまわっているると思うからである。編年体ではないので時間的な前後は多少生じるが、季節ごとに並べた歌に北上の四季の移ろいや風土と、そこに生きる者の思いを感じていただけたらと思う。

本書の出版にあたり、本の森の大内悦男様、スタッフの皆様に大変お世話になりました。厚く御礼申し上げます。

二〇二〇年　夏

斎藤　雅也

著者略歴

斎藤 雅也
1956 年　岩手県生まれ
2009 年　塔短歌会入会
2012 年　第一歌集「萩の散るころ」
2013 年　第五回日本短歌協会賞次席
2020 年　日本歌人クラブ入会

歌集 くれはどり
塔 21 世紀叢書　第 374 篇

2020 年 9 月 20 日　初版発行

著　者　斎藤 雅也
岩手県北上市諏訪町二丁目 4－43（〒024－0034）
発行者　大内 悦男
発行所　本の森
仙台市若林区新寺 1 丁目 5-26-305（〒984－0051）
電話＆ファクス 022(293)1303

印　刷　共生福祉会 萩の郷福祉工場

定価は表紙に表示しています。落丁・乱丁本はお取替え致します。

ISBN978-4-910399-00-3